Qui suis-je

Je suis Stéphanie Falla, coach quantique et guide spirituelle dévouée à ton développement personnel. Je suis là pour t'accompagner sur le chemin de ta propre vérité, de ton âme et de ta guérison intérieure. Mon art sacré et ma médecine vibratoire sont à ta disposition, ainsi que mes outils, oracles et livres pour t'aider au mieux dans cette quête.

Je suis moi-même en constante évolution et ascension, et je suis honorée de partager cette voie avec toi. En tant que canal de la Source, je suis à l'écoute de tes besoins et je canalise les ressources nécessaires pour t'aider à créer un avenir radieux, baigné de la lumière divine.

Je te remercie de ta confiance en moi, et je suis heureuse de t'accompagner sur ton

Bienvenue, flamboyante âme, sur le sentier de ta vérité. Tu cherches à trouver plus de clarté pour avancer sur ton chemin sacré et te diriger vers ta destinée. Les sages guides de l'univers t'accompagnent et te soutiennent dans cette ascension. Dans ce petit grimoire magique, tu recevras des réponses à tes questions qui t'aideront à communiquer avec eux et à vivre en harmonie avec leur présence dans ta vie quotidienne.

Que ce soit une question, une problématique, un événement ou une rencontre avec une nouvelle âme, tu peux trouver les réponses dont tu as besoin en suivant les pages de ce livret. Laisse ton mental aller et viens explorer ces quelques pages pour découvrir celle qui te correspondra le mieux.

Rappelle-toi que tu es aimé et guidé à chaque instant de ta vie sur cette terre. Ouvre ton cœur et laisse-toi guider par l'amour universel qui t'entoure.

Avec amour,

Stéphanie

OUI ! évidemment

Tu cherches une approbation même si tu sais que la réponse est oui. Tu penses qu'il y a anguille sous roche, mais il est évident que tu n'as pas besoin d'une validation extérieure pour une situation positive. Alors, détends-toi et sois confiant dans les résultats de ta problématique. Tu es en sécurité !

Non ! pas du tout !

Il est important de ne pas insister si tu as déjà pris une décision. Si tu sens que quelque chose n'est pas bon pour toi, alors ne t'obstine pas. Écoute ton intuition et sois bienveillant envers toi-même.

Attends un peu ....

Prends le temps nécessaire pour réfléchir à la situation. Pèse le pour et le contre.
Il y a d'autres personnes impliquées, alors il est important de considérer et de déterminer ce qui est le mieux pour tout le monde.

Peut être bien ....

L'univers ne veut pas que tu aies toutes les réponses pour le moment. Tu dois apprendre de cette situation et te laisser guider. Laisse-toi porter, et l'issue viendra naturellement.

Déplacement géographique

cela demande réflexion...

La réflexion implique d'envisager toutes les situations possibles et d'examiner plusieurs solutions qui, quoi qu'il en soit, sont toutes prometteuses. Il est important de se rappeler qu'il n'y a jamais d'erreur. Alors, prends ton temps pour réfléchir avant de prendre une décision.

la méditation te donnera 1 réponse

Il est demandé que tu te recentres. Tu sembles ne pas être suffisamment ancré à la Terre, et ton questionnement est d'ordre intime et spirituel. La réponse à ta question réside dans la connexion avec ton âme, en te reconnectant à ton temple sacré. Les guides te poussent à avoir confiance en toi dans cette situation.

Pourquoi pas ?

C'est envisageable et cela semble être bon pour toi , que tu le fasses ou non , tout est possible alors fonce ... tu ne risques rien à essayer...

Vas -y ! Fonce...

Un grand oui , et sans plus attendre , tu es absolument sur la bonne voie , c'est ok pour toi , c'est juste! alors n'hesite plus une seule seconde ... ne perds pas plus de temps tu as assez réfléchis!

Oui mais ce n'est pas le bon moment....

Nous te rassurons en anticipant une réponse positive pour avoir confiance, mais il est important d'attendre un peu. Chaque chose en son temps. Même si tu es prêt(e), la personne en face de toi ne l'est peut-être pas encore. Il est crucial de considérer toutes les parties impliquées et de respecter soi-même et les autres.

Probablement Non...

Il est peu probable que cela soit pour toi et s'engager dans cette voie incertaine pourrait causer des regrets et le sentiment d'avoir perdu du temps. Il est fortement recommandé de rester à ta place, du moins pour aujourd'hui.

retour

message

Probablement oui...

Il est fort probable que la réponse soit positive, du moins pour aujourd'hui. Cependant, cela peut changer à tout moment, donc rien n'est certain. La décision finale est entre tes mains, alors saisis cette opportunité. Reste vigilant(e) et concentré(e), et tout se passera bien.

C'est Faux !!

Cette situation est complètement éloignée de ta vérité et n'est pas basée sur l'amour. Sois vigilant(e) car cette personne ne se montre pas sous son vrai jour. C'est une illusion énergétique ... donc fais preuve de prudence!

C'est Vrai !

C'est juste, c'est bon pour toi, alors vas-y... Cette situation, cet événement sera bénéfique pour toi, et tu es bien entouré. L'abondance sera au rendez-vous car tout est aligné avec la vérité du cœur.

Reconnaissance & célébrations

C'est incertain ...

Nous voulons te mettre en garde contre l'immobilisme face à cette situation incertaine. Il se peut que d'autres opportunités s'offrent à toi, alors ne reste pas figé trop longtemps. Si l'incertitude persiste, évite de rester au point mort, car cela peut te bloquer énergétiquement.

Cela va prendre du temps...

Il est important de comprendre que toutes les personnes impliquées dans cette relation ne sont peut-être pas prêtes à s'investir complètement dès le premier jour. Dans ce cas, il est important d'être patient et tolérant, car cela peut valoir la peine d'attendre. Comme on dit, les meilleures choses prennent du temps. ouvre la communication pour éviter de rester bloqué dans la situation.

C'est fragile !

Il est possible que la situation ou la personne en question soit sur le point de te laisser tomber. Tout faux pas pourrait mettre fin à la relation ou au projet car la peur est omniprésente. Il est essentiel de peser le pour et le contre, mais il ne faut surtout pas vivre dans la peur de l'avenir. Il est préférable de chercher à renforcer les liens plutôt que de craindre leur rupture.

C'est fiable à 90% !

Les guides sont convaincus d'un avenir radieux ! C'est une véritable réussite. Vous avez parcouru un long chemin et vous récoltez maintenant les fruits de vos efforts. Vous pouvez être fier de votre projet et de tout ce que vous avez accompli. Vous avez réussi, bravo !

ça n'en vaut pas la peine!

N'investis pas ton temps à poursuivre ce qui ne te convient pas, cela peut t'épuiser et te faire perdre de l'argent. L'abondance ne sera pas au rendez-vous. Il est préférable de suivre ton propre chemin. Garde courage et reste fort.

Amour véritable

Go!

Tu es prêt(e) à être heureux(se) ! L'amour entre dans ta vie, c'est une réalisation de ton âme et une destinée qui t'est proposée. Alors n'hésite plus, c'est le moment de foncer et de prendre des risques. Tu es sur la bonne voie !

Sois confiant(e) c'est le bon chemin!

Après un long parcours, la paix intérieure est enfin à tes pieds. Félicitations, tu es sur la bonne voie ! Même si tu pensais que c'était impossible, la prophétie est en train de se réaliser. Continue à travailler dur et à te développer personnellement - ces efforts seront bénis.

Tu te trompes !!!!!

Tu peux y aller les yeux fermés!

La destinée, c'est lorsque le chemin s'ouvre de manière fluide et aisée. Une situation se présente à toi ici et maintenant, et elle est bénie des dieux. Tu n'as pas à avoir peur, c'est le bon moment, tout est parfait et à sa place. Alors, sois rassuré(e) et tranquille.

Relation sincère!

Cette relation implique deux personnes qui sont sur la même longueur d'onde, se comprennent mutuellement et sont authentiques dans leur communication. Il n'y a pas de crainte de trahison, car cette relation est saine.

Relation Hypocrite!

Dans cette relation, l'une des deux parties est malhonnête, ce qui rend la relation basée sur le mensonge. Que ce soit vous ou l'autre personne, il y a des choses qui vous sont cachées ou qui ne sont pas dites. Il est donc important de rester vigilant et de se recentrer.

C'est un cadeau!

Relation Toxique!

Cette histoire n'est qu'une imitation terne, une fausse lumière qui t'aveugle face à ce qui est réel. L'ombre utilise des égos et des faux visages pour t'écarter de ta route, mais il est temps de lâcher prise. Cette relation est clairement toxique pour toi, elle va t'épuiser jusqu'à la dernière goutte d'énergie vitale. Prends soin de toi.

C'est une âme soeur

Félicitations! Tu es en présence d'une âme faisant partie de ta famille céleste. Ce sentiment de bien-être que tu ressens est basé sur une lumière saine et solide, l'énergie du bâtisseur, qui brille comme un soleil dans ta vie. Prends un moment pour exprimer ta gratitude.

Mariage - Union

C'est ta flamme Jumelle

Cela implique une rencontre avec soi-même, une énergie qui t'accompagne pour évoluer intensément grâce à l'énergie du cœur. Attention ! Cette relation de flamme jumelle implique une connexion spirituelle plutôt que matérielle. C'est une relation qui te renvoie à ta mission d'âme, au dépouillement de ton ego. La flamme jumelle est un chemin initiatique plutôt qu'une relation quotidienne... Si tu attires cela, c'est que tu es en chemin vers ton âme. Félicitations !

Fausse lumière!

Warning!

La personne ou la situation dans laquelle tu te trouves n'est qu'une illusion. On joue avec toi et ta belle lumière. tu ne serais ni protégé ni en sécurité. Il est temps de te libérer de tout cela, car cela n'est ni juste ni bénéfique pour toi. Nous parlons ici d'une véritable vampirisation de l'âme, et cela n'est pas pour toi ! Alors pars, et laisse tout cela derrière toi.

L'amour de ta vie ! sans aucun doute !

La réunion glorieuse, l'alchimie du mariage et l'union du ciel et de la terre, le complément divin idéal; nous pourrions également parler du double cosmique incarné sur terre. Félicitations, vous pouvez maintenant construire et unir votre vibration : c'est une personne qui honore et complète parfaitement ton "je suis". C'est l'être idéal qui arrive à point nommé sur ton chemin!

un grand oui !

seulement si tu y

crois...

Il semble que tu souffres d'un manque de confiance en toi, ce qui te limite dans cette situation. C'est dommage, car tout semble être en harmonie avec tes aspirations. Tu as peut-être encore des blessures qui t'empêchent de voir les choses sous leur meilleur jour. Cependant, ne t'inquiète pas. Ce message est là pour t'encourager à reprendre ton pouvoir et ta foi en la vie.

Tu connais déjà la réponse !

Écoute ton cœur, tu es suffisamment éveillé(e) pour entendre les messages de tes guides. La réponse est déjà en toi, il suffit de l'écouter. Place-toi en ton âme plutôt qu'en ton ego et n'écoute pas tes peurs, laisse ton cœur guider tes décisions.

Engagement

C'est un piège !

Je te mets en garde encore une fois, ne te laisse pas prendre dans les filets de cette personne. Cela ne te fera aucun bien, car elle n'est motivée que par son propre intérêt et cherche à utiliser ta lumière. Sache que tes guides sont là pour te protéger dans cette situation.

C'est la plus belle chose qui pourrait t'arriver

C'est une bénédiction des dieux, une grâce divine déposée sur toi. Tout est parfaitement harmonieux et tu en tireras un énorme bénéfice!

NAISSANCE

Stop ! arrête tout !

Ce n'est pas fait pour toi. Arrête, cela va te fatiguer... Ta santé est en jeu, alors fais attention à toi. Nous t'envoyons plein d'amour et de courage. Sois assez fort pour dire non !

Avance et ne retourne plus!

Le rideau est tombé sur cette pièce, laisse les ombres du passé s'évanouir. Regarde vers l'horizon, vers l'aube nouvelle, baignée de la lumière du soleil levant...

C'est la bonne personne, enfin !

Célébrons ta bénédiction divine, source de joie et de félicité, promesse d'abondance et de prospérité. Ton chemin vers le succès est béni, hourra !

Tu vas réussir !

sans aucun doute !

Reste fidèle à toi-même, même si les choses sont incertaines. L'aube du jour se lève, et tu as tout ce qu'il faut pour réussir. Lorsque ton corps, ton âme et ton esprit ne font qu'un, tu peux attirer de belles choses à toi. Aie foi et confiance en toi, toujours !

C'est un échec !

Cet échec n'est pas la fin, mais plutôt un signal de l'univers qui met en garde pour corriger ta trajectoire. Ne te décourage pas, utilises cette opportunité pour avancer et recommencer.

Oui, mais....
cela va te demander
des efforts!

La patience, l'humilité, le courage et la force de ton âme sont à l'œuvre. Ce sont les clés ultimes pour ouvrir la porte de la réussite. Sois rassuré, tu vas y arriver !

Déménagement

C'est trop confus !

Rappelle-toi de l'ensemble des circonstances, recentre-toi et lorsque tu es dans le doute, prends une marche et médite pour retrouver ton équilibre intérieur. Tout finira par s'éclaircir, mais tu dois retrouver ton centre pour y arriver.

Attends un peu, ce n'est pas le bon moment...

La situation est en train de se dérouler selon un timing divin. Si tu n'as pas le contrôle, recentre-toi et avance pour toi-même. Quoi qu'il en soit, si les choses doivent arriver, elles se produiront.

Accepte !

Refuse !

Réfléchis encore un peu...

Tu as raison ...

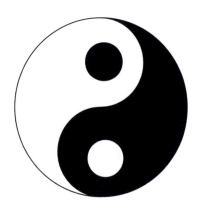

Oui il est temps de partir!!!

C'est idéal, sans aucun doute !

Ce projet est fait pour toi !

Il y a mieux!

passion enflammé
bouton ON / amour en cours

Timing Divin en cours

Lâche prise....

Tout arrive à point !

Fausse flamme jumelle, réveille toi!

Nous tenons à te mettre en garde contre une personne qui se fait passer pour quelqu'un d'autre. Sois vigilant quant à tes sentiments en sa présence. Serais-tu tendu ou détendu ? Il est important de rester sur tes gardes car tu pourrais être manipulé.

Repose toi !

Merci....

@lll rights reserved Stéphanie Falla 2023
www.stephanie-falla.com

Printed in France by Amazon
Brétigny-sur-Orge, FR